LES OLIVES

PETIT POËME EN TROIS CHANTS

PAR

F⁵ FOURNIER

MONTPELLIER

IMPRIMERIE TYPOGRAPHIQUE DE GRAS

1867

LES OLIVES

LES OLIVES

PETIT POËME EN TROIS CHANTS

PAR

Fs FOURNIER

MONTPELLIER

IMPRIMERIE TYPOGRAPHIQUE DE GRAS

1867

AUX MANES DE ROUCHER

———

Toi, dont le sort funeste et beau,
Pour l'âme de pitié saisie,
Entoure à jamais le tombeau
De sympathique poésie;
Chantre des mois, luth attristé;
Honneur, regret de la contrée,
D'un fils obscur de ta cité
Reçois l'hommage, ombre sacrée!

ÉPIGRAPHE

Le soleil a paru. Le sud, par son haleine,
A fondu les frimas qui blanchissoient la plaine. .
Quels essaims diligents, d'un bois flexible armés,
S'avancent, l'un par l'autre, au travail animés,
Vers les champs couronnés de l'arbre de Minerve?
Loin d'ici tout mortel que la mollesse énerve;
Que le bâton bruyant frappe à coup redoublé,
Et qu'en tous ses rameaux l'arbre soit ébranlé :
L'arbre cède ses fruits. De leur grêle épaissie,
Je vois déjà la terre et couverte et noircie ;
Et, lorsque tombe enfin l'ombre humide du soir,
Le fruit mûr, écrasé sous le criant pressoir,
Épanche de son sein la liqueur qu'il recèle,
Et sur la flamme ardente en baume pur ruisselle :
Fleuve d'or, qui bientôt appelant les Bretons,
S'en va par le commerce enrichir nos cantons.

Roucher, Poëme des Mois, chant 9e.

LES OLIVES

PETIT POËME EN TROIS CHANTS

PREMIER CHANT

LES ENCLOS

ARGUMENT DU PREMIER CHANT

La Brume. — La Pluie. — La Saint-Martin. — La Rafale.
— Reprise des Travaux. — Cueillette des Olives. —
Chant des Oliveuses.

LA BRUME

D'une ombre grise et monotone,

L'automne

De nos cieux estompe l'azur

Si pur...

Le soleil qui déjà décline,
    Incline
A l'ouest ses feux affaiblis,
    Pâlis.

Au loin, sur l'horizon qui fume,
    La brume
Monte, condense en noirs réseaux
    Les eaux,

Et sur la nature en attente,
    Flottante,
Étend partout comme un linceul
    De deuil.

—◇—

Adieu! champs aimés.... gais feuillages,
    Ombrages,
Pampres, gazons, bosquets, abris
    Fleuris,

Adieu! — beaux jours, tièdes soirées
    Dorées
Aux reflets des soleils couchants,
    Doux chants,

Adieu! — lune, étoiles, eaux pures,
      Murmures
Des grillons, aux prés odorants
      Errants,

Rayons, chœurs des nuits, senteurs d'ambre,
      Novembre
Sur vous hâte, armé de trépas,
      Ses pas.

LA PLUIE

Déjà, par de froides ondées
      Ridées,
Se penchent les dernières fleurs
      En pleurs.

Vainement l'humble marguerite
      S'abrite
Sous la feuille morte, au levant;
      Le vent

Glace la séve; à tout ravie,
      La vie
Paraît éteinte désormais.
      Jamais,

Animant le peu de verdure
     Qui dure,
On n'entend plus, tendres chansons,
     Vos sons !

Tout est morne... l'oiseau timide,
     Humide
Et muet, sous le buisson mort
     S'endort.

Seuls, — échos sinistres, — dans l'ombre
     Plus sombre
Se lamentent l'engoulevent ;
     Le vent...

Il pleut... l'heure à l'heure s'assemble,
     Ressemble ;
Il pleut... chaque nuit, tous les jours,
     Toujours,

Sans trève.... Sur la terre avide
     Se vide
Des cieux comme un déluge d'eau
     Nouveau.

LA SAINT-MARTIN

Enfin , la Sàint-Martĭn esŝuie
        La pluie
Au joyeux retour de soleils
        Vermeils ;

On voit la sève reparaître,
        Et naître
Comme un sourire issu des pleurs ,
        Les fleurs ;

La rose , relevant son voile ,
        Étoile
Son front d'un bandeau sans rival ,
        ˙Royal !

La violette , qui dérobe
        Sa robe ,
Ravit de son pudique enċens
        Les sens.

Tout ést ċouleur , tóut est m̃uřmuřě ,
        Susurre ,
Sur la řivè òù řevĭent àimtaň̃t
        L'amant.

De raisin, le tourdre ivre encore,
        Picore
Ou chante autour des amoureux
        Comme eux ;

Dans l'azur, la vive alouette
        Caquette
Et répand sur eux ses concerts ; —
        Les airs,

La terre, l'eau, tout se réveille ;
        La veille
Tout était nuit, tout aujourd'hui
        A lui !

Du printemps, c'est la tiède haleine ;
        La plaine
Verdoie au sommeil de l'autan. —
        Pourtant,

Le blé qui naît, l'herbe qui pousse,
        La mousse,
Parent en vain d'un manteau vert
        L'hiver.

Bientôt, émigrant d'un rivage
       Sauvage,
La grue annonce les frimas...
       Hélas !

LA RAFALE

Du faux printemps le court empire
       Expire
Sous le rude et subit effort
       Du Nord.

Malheur à la rose attardée...
       Bordée
Funeste aux hôtes du jardin,
       Soudain,

Partout, quand mugit la rafale
       Brutale,
Fleur, insecte ou feuille, à son heurt
       Tout meurt !

REPRISE DES TRAVAUX

Mais, du Nord épuisant la rage,
       L'orage,
Par les vents du sud abattu,
       S'est tu ;

Bientôt, dans la plaine effeuillée,
     Fouillée,
Ont partout repris les travaux
     Nouveaux;

On sème, on plante en longues lignes
     Les vignes;
On taille, on provigne à grands frais
     D'engrais.

De sucs l'olive enfin nourrie,
     Mûrie,
Égrène ses glands de velours
     Trop lourds.

Le temps à la cueillir invite
     Bien vite,
Le temps, qui peut changer demain
     Soudain.

A peine aussi l'aube nouvelle
     A-t-elle
Blanchi de son premier éclair
     L'éther,

Qu'en nos enclos on voit paraître
Le maître,
Guidant à leurs travaux urgents
Ses gens.

La toile est déjà sous la branche
Qui penche,
Et tout, dès que le jour paraît,
Est prêt.

CUEILLETTE DES OLIVES

Comme des marbres,
Autour des arbres
Chacun se range sans surseoir,
Et sans relâche
Poursuit sa tâche
Depuis le matin jusqu'au soir.

Sourde, isolée
En sa volée,
Tantôt l'olive glisse et fuit,
Tantôt en pluie
Son flot de suie
Sur les draps blancs roule et bruit.

La paysanne,
Tantôt la glane,
Tantôt, des rameaux opulents,
— Comme aux mamelles
De ses chamelles
Fait l'Arabe, — elle trait les glands;

Et que l'aurore,
Clémente encore,
Lui promette un tiède rayon,
Ou que la bise
Glacée et grise
S'élance du septentrion,

L'humble oliveuse,
Gaie ou rêveuse,
Par l'aube ramenée aux champs,
Loin des demeures
Remplit les heures
De ses plaintes ou de ses chants.

CHANT DES OLIVEUSES

Passez, passez, lentes journées,
Hâtez la fin de nos labeurs;
Vos soirs, pour les jeunes années,
Gardent seuls encor quelques fleurs.

JEUNE OLIVEUSE

Le soir, de celui qui m'adore
Rapproche mes pas amoureux.

VIEILLE OLIVEUSE

Le soir! le soir est loin encore...
Ce jour est sombre et rigoureux !

JEUNE OLIVEUSE

Le regard de celui que j'aime
Vaut pour moi le rayon vermeil ;
De sa voix la douceur extrême
Me plaît comme un chant au réveil.

VIEILLE OLIVEUSE

Inutile à tous, à lui-même,
Sans la jeunesse et le soleil,
Le pauvre, en sa douleur extrême,
N'a qu'un seul ami, le sommeil.

Ensemble

VIEILLES OLIVEUSES

Vous, qui pour des infortunées
N'avez que soucis et douleurs,
Passez, passez tristes journées,
Passez en emportant nos pleurs.

2

JEUNES OLIVEUSES

Passez, passez lentes journées.
Hâtez la fin de nos labeurs;
Pour charmer nos jeunes années,
Ramenez le soir et ses fleurs.

. . . .
. . . .
. . . .
. . . .

—◇—

S'enivrant ainsi de son rêve,
Chacun implore pour ses jours
Un repos, agité sans trève,
Un bonheur, qui s'enfuit toujours !

DEUXIÈME CHANT

LA FERME

UN DÉCLASSÉ

Un repos agité sans cesse,
Un bonheur qui s'enfuit toujours,
Des soucis où le cœur s'affaisse,
Le travail où s'usent les jours ;

Telle est la loi du plus grand nombre
Pour quelques heureux ici-bas,
— S'il en est ! — Or, en sa nuit sombre,
Le pauvre croit au jour, hélas !

Debout au festin qu'il envie ,
Il voudrait, assis à son tour,
Aux blondes gerbes de la vie ,
Moissonner aussi quelque jour..

Ah ! si parfois il est impie ,
Le vœu de son cœur égaré,
Pitié ! car souvent il l'expie ,
D'erreurs et de maux entouré !

« Quand des cieux bravant l'inclémence ,
Vos jeux foulent de chauds tapis,
Transis , nous jetons la semence
Dont vous déflorez les épis. »

Ah ! si parfois il est impie ,
Le vœu de son cœur égaré,
Pitié ! car souvent il l'expie,
D'erreurs et de maux entouré !

« A nous , sur la friche morose ,
Les longues veilles des bergers...
A vous les plus doux fruits qu'arrose
Notre front dans vos beaux vergers .. »

Ah! si parfois il est impie,
Le vœu de son cœur égaré.
Pitié! car souvent il l'expie,
D'erreurs et de maux entouré!

« Du sillon pour nous seuls austère,
La ronce à nous, pour vous les fleurs...
A vous tous les biens de la terre,
Et pour nous toutes ses douleurs! »

Voilà trop souvent ce que, l'âme
Abreuvée aux fiels des cités,
L'aveugle paysan proclame
Loin de ses chaumes désertés...

Ah! si, dès lors, il est impie,
Le vœu de son cœur égaré,
Pitié toujours, car il l'expie,
D'angoisse profonde ulcéré!

—◦—

Mais fuyons le séjour des villes
Pour l'air salubre des hameaux,
Et, loin des multitudes viles,
Cherchons de plus riants tableaux...

SOUS LES HANGARS

Après de longs travaux et des heures bien lentes,
La cueillette est finie, et les oliviers gris
    Ont de leurs grappes succulentes
    Enfin livré les derniers fruits.

Mais l'ivraie au bon grain est fort mêlée encore ;
De tout débris impur il faut le dépouiller ;
    Et, du couchant jusqu'à l'aurore,
    Peut-être il faudra travailler.

Or le ciel est clément et les vents sont propices ;
La troupe tout entière accourt sous les hangars,
    Et là bientôt, avec délices,
    S'échangent propos et regards.

Plus d'un cœur a battu, plus d'un œil étincelle,
Car on s'est dit — du moins c'est le commun désir—
    Que le fermier, content du zèle,
    A promis régal et plaisir.

Parmi toutes déjà choisissant l'amoureuse
Que la valse à son bras enlacera bientôt,
    D'une ardeur gaie et vigoureuse
    Le vanneur commence aussitôt.

LE VANNAGE

Tantôt l'olive agitée,
Par sa main précipitée
Des échelles, évantée,
Tombe et rassemble à monceaux
    Ses ruisseaux;

Comme l'écume qu'enlève
Une brise de la grève,
Ou la plume qui, sans trève,
Tournoie au moindre soupir
    Du zéphir;

Ainsi tout brin parasite
Que son bras secoue, excite,
Dans les airs chancelle, hésite,
Puis s'envole au gré du vent
    Hors du van;

Et des feuilles fugitives,
Émergeant nettes et vives,
Bientôt les seules olives
S'amoncellent à l'honneur
    Du vanneur.

Tantôt, sa main obstinée,
Sur la trémie inclinée,
Dans leur course mutinée,
Arrête et brise soudain
    Leur entrain ;

Tantôt, d'un chant vif et leste,
Joignant l'harmonie au geste,
Son bras sûr, adroit et preste,
Précipite plus encor
    Leur essor ;

Et l'armée obéissante,
Muette ou retentissante,
Apaisée ou bondissante,
Se guidant tout à la fois
    Sur sa voix,

A son rhythme, à sa cadence,
Ouvre ses rangs, les condense,
Court ou chante, vole ou danse,
Et suit, comme à l'unisson,
    Sa chanson.

CHANSON DU VANNEUR

Refrain

Hopp, hopp, hopp!
Passez, passez, gentilles olives;
Tintez, roulez comme un grelot...
Hopp, hopp, hopp!
Chantez, dansez, joyeuses et vives;
Trottez, courez, sautez, au galop!!

1er COUPLET

Les barrières sont ouvertes.....
Brunes, blondes, roses, vertes,
Lancez, légères, alertes,
Vos sonores escadrons.

Allons, mes brunettes,
Roses, blondinettes,
Faites-vous coquettes
Au bruit des chansons!

2me COUPLET

Déroulant sur la trémie
Votre phalange affermie,
Battez la charge ennemie,
Comme tambours et clairons!...

Allons, mes brunettes,
Roses, blondinettes,
Faites-vous coquettes
Au bruit des chansons.

3me COUPLET

Que vos ardentes mêlées,
En fracas accumulées,
Grondent comme les volées
D'un orage de grelons !

Allons, mes brunettes,
Roses, blondinettes,
Faites-vous coquettes
Au bruit des chansons !

4me COUPLET

Que votre flot qui s'épanche
Roule comme l'avalanche
Qui des monts surgit, se penche
Et s'écroule en tourbillons.

Allons, mes brunettes,
Roses, blondinettes,
Faites-vous coquettes
Au bruit des chansons.

Refrain

Hopp, hopp, hopp !
Passez, passez, gentilles olives ;
Tintez, roulez comme un grelot.
Hopp, hopp, hopp !
Chantez, dansez, joyeuses et vives :
Trottez, coûrez, sautez, au galop !!

—◇—

Secondé par les mains actives
Des oliveuses attentives,
Le vanneur a bientôt fini sa tâche, et les olives,
Dont le grenier est déjà plein,
N'attendent plus que le moulin.
. . . .
C'est le tour du plaisir et la fête commence.

LE RÉGAL

Et d'abord une soûpe immense,
Où le fromage et l'ail, prodigués au hasard,
Trahissent au loin leur présence,
Précède l'omelette au lard.
Ce mets, qui du régal assure l'abondance,

S'appelle, — avec raison ! — le plat de *résistance.*
On n'y lésina point sur le poivre ou le rance,
  Et des organes indolents
  A ses aromes violents
  Trouveraient peu d'attraits, je pense ;
  Mais nos robustes villageois
  Ne sont pas, vraiment... si bourgeois ;
  Et, comme en souvenir du zèle,
Le fermier prodigua sa piquette nouvelle,
  Joyeux devis, propos sans fard, .
  Volent déjà sous le hangar
Où chacun à sa guise et s'isole et se mêle.

VIEUX DEVIS

  Ici l'on voit un buveur
    Gai viveur,
  Trinquant avec son confrère ;
  Près de là, c'est un vieillard
    Babillard
  Qui jase avec sa commère.

  La jeunesse d'aujourd'hui,
    D'après lui,
  Ne sait ni chanter ni boire.

« De notre verte saison,
         » Alizon,
» Avez-vous gardé mémoire?

» Ah! c'était là le bon temps!
         » Dès trente ans,
» Ces gars sont presqu'invalides...
» Il n'en était pas ainsi,
         » Dieu merci!
» Alors... nous étions solides!...

» Et vous... comme au temps jadis,
         » Vers l'an dix,
» Vous étiez accorte et fraîche!,..
» Mais le travail et les jours
         » Vont toujours
» Faisant partout quelque brèche! »

Et le père Mathurin
         Va son train...
Il fume, boit et pérore,
Sans jamais être lassé
         D'un passé
Que le souvenir décore...

LA DANSE

Bientôt un musicien ,
        — Autre ancien ,
Sans peur , mais non sans reproche , —
Sort , à la commune voix ,
        Un hautbois
Du fond de sa vaste sacoche.

Ce n'est point par les doux sons
        De chansons
Dont l'oreille est caressée ,
Ni par les savants concerts
        De beaux airs
Que sa note est cadencée,

Qu'importe ! ici qui rira ,
        Qui saura
Si parfois l'instrument glousse ?...
Ne demandant au refrain
        Que l'entrain ,
La jeunesse se trémousse.

Son plaisir est dans l'effort
Le plus fort
D'une musique affolée ;
Son but, c'est de s'ébaudir,
De bondir
En sa course échevelée.

Le valseur le plus chéri
Est celui
Qui le plus longtemps pivote ;
Le danseur le plus vanté
Et fêté
Celui qui le plus haut saute.

―○―

Aussi, déjà, plus d'un gars aux abois
Fait la grimace ;
Déjà plus d'un couple a parfois
Roulé sur place ;
On entend même le hautbois
Demander grâce,
Et, malgré poumons et jarret,
La fatigue, qui les terrasse,
Impose à tous un temps d'arrêt.

Mais la fête n'est point encore terminée
Tant qu'aux plaisirs de la journée
Chacun n'a pas trouvé sa part.
C'est là, du moins, ce que proclame
Hardiment une vieille femme
Qui, maugréant au fond de l'âme,
Pendant la danse, hélas! fut laissée à l'écart;

Aussi que d'ironie acerbe
Contre les choses d'à présent!
Contre cette jeunesse imberbe,
Que de sel âpre et méprisant!
Chaque parole est un sarcasme,
Chacun attrape un quolibet.

LE DÉFI

« Dis-moi, *pécaïre!* ma Babet,
» Ton valseur a donc le marasme?...
» Il eut fallu, puisqu'on tombait,
» Vous prémunir d'un cataplasme...
» Jusqu'à ce pauvre *Galoubet*,
» A présent tout le monde a l'asthme...
» Autrefois un musicien
» Allait toujours sans perdre haleine;
» Pourtant — mon vieux, tu le sais bien —

» Ces jambes n'étaient pas de laine !
» Alors aucun danseur manchot
» Ne laissait choir son amoureuse ;
» On ne craignait ni froid ni chaud
» A cette époque bienheureuse !
» Ce n'était point comme en vos temps,
» Privés de mollet et de souffle,
» Où l'on grelotte en plein printemps,
» Où, dès l'été, l'on s'emmitoufle.
» Vraiment on se prend à gémir
» En voyant le siècle où nous sommes ;
» Les hommes semblent s'endormir,
» Les femmes sont comme les hommes !
» J'ai soixante ans et douze encor
» Et mes seuls membres pour ressource,
» Eh bien ! je gage un anneau d'or
» De vous lasser tous à la course.

» Voilà du papier et du feu :
» Qui veut disputer mon enjeu ? »

De tous côtés :

« Moi ! moi ! vieille Alizon ! — c'est du profit en bourse!
» Oui... vite commençons le jeu...
» La course au feu ! la course au feu ! »

LA COURSE AU FEU

O Muse des croquis champêtres,
Souris à mes naïfs profils !
Dans la mêlée où tu m'empêtres
Tu me dois bien un de tes fils...
Si je m'engage à l'aveuglette
Dans ton art où je suis tout neuf,
Un gai rayon de ta palette
Peut me rendre aussi blanc qu'un œuf !...

Et toi, Déesse de la rime,
Féconde en échos, en tracas,
Que l'humble char où je t'arrime
Roule du moins avec fracas !

Une horde
Se déborde
Des fossés d'un abattoir,
Et refoule,
Brusque houle,
Les passants sur le trottoir...

Savez-vous de cette engeance
Quelle urgence
Presse les pas bondissants ?
Et la cause capitale
Ou fatale
De ses cris étourdissants ?

Dans la rue
Quand se rue
A l'effroi des boutiquiers,
Cette plèbe,
Pauvre glèbe,
Réfractaire aux perruquiers ;

Avez-vous vu, d'aventure,
La nature
De son passe-temps chéri ?
Savez-vous, lorsque sa joie
Se déploie
Quel est son jeu favori ?

Folle brute
Qui culbute
Un vil ustensile en fer,
Quelque dogue
Rude et rogue
Remorque ce train d'enfer.

La bête en vain plus rapide,
      Et stupide
De bruit, de rage et de peur,
Cherche, en fuyant hors la ville,
      Quelque asile,
Réduit obscur et trompeur.

      Insensée !
      Relancée
De plus fort en ses détours,
      Le tumulte
      Et l'insulte
Sur ses pas croissent toujours.

Et par toute la banlieue,
      A sa queue,
Glapissent les chiens vaguants,
Et la horde fait ses charmes
      Des vacarmes
De ses bonds extravagants.

—◇—

Non moins bruyants dans leur poursuite,
      Jeunes et vieux
Passent rapides et joyeux ;

Non moins alerte dans sa fuite,
Comme le vent,
Alizon s'élance en avant.

Conquête que chacun reluque,
Dont le sillon
Entraîne tout le bataillon,

Un papier, derrière sa nuque,
Pend, oripeau
Qui flotte au vent comme un drapeau;

Il faut, d'une subtile flamme,
Jouant franc jeu,
A ce papier mettre le feu...

Rusant contre la vieille femme
Sans la toucher,
Chacun cherche à l'effaroucher;

Mais quand, pour entraver sa course,
Soudain, debout,
Quelqu'un se dressant là, partout,

On la croit prise et sans ressource;
Sans embarras,
Elle glisse entre tous les bras;

Traçant un lumineux méandre
    Sur son chemin,
Comme on la traque flamme en main,

Plus vive qu'une salamandre,
    Vole Alizon,
Narguant flambeau, torche ou tison;

Et loin de tous, à tire-d'aile,
    Fuyant le bruit,
Dans l'ombre elle cherche un réduit,

Et de la victoire pour elle
    Dans un instant
Va sonner l'heure qu'on attend !...

—◇—

Joie et liesse !
Sa hardiesse
Sur la jeunesse
Va l'emporter !
Déjà, moins vite,
Chacun hésite
Et la poursuite
Va s'arrêter,

Quand sur la lice
Humide, Alice
Tombe; supplice
Inattendu !
Moment d'alarmes !
On voit ses larmes.
Trop faibles armes !
Tout est perdu...

‑◇‑

Lorsqu'une tourbe
Fermant sa courbe
L'étreint, se courbe...
De ses réseaux
S'échappe l'ourse !
Ainsi la source
Reprend sa course
Sous les roseaux.

‑◇‑

Souvent l'anguille ,
Comme une aiguille

Glisse et frétille
Hors du filet ;
Rayant l'espace
Ainsi , luit, passe
Et meurt sans trace
Un feu follet.

—◦—

Quand une laie
Sur une *laie*
Traînant sa plaie
Avec effort ,
Hors de la plaine
De clameurs pleine
A bout d'haleine
Gagne son fort ,

Soudain la meute,
Comme en émeute ,
Hurle et s'ameute
De plus en plus ;
On va l'atteindre...
On l'entend geindre...
Elle a beau feindre,
Soins superflus !

De sang empreinte
Sa voie est teinte...
De cette enceinte,
Comment sortir ?
Gloire assurée !
De la curée
L'heure augurée
Va retentir !

Joie imprudente !
La laie ardente,
Hure stridente,
Sur les chasseurs
A l'improviste
Revient, résiste,
Fuit et dépiste
Ses oppresseurs !

Et la poursuite recommence
Sous les forêts,
Et les chasseurs, comme en démence,
Poussant une clameur immense
Doublent leurs traits.

—◇—

Ainsi, de nouveau pourchassée
          Avec fureur,
La vieille Alizon relancée
Poursuit sa course, harassée,
          Mais sans terreur.

Car l'heure est là. Mais de l'orage,
          Qu'on croit passé,
Sort la foudre, au port on naufrage,
Le faible échappe et le courage
          Est terrassé:

Pourquoi donc fuir? Folle victime
          Tu tomberas.
Toi-même as creusé ton abîme;
Ta hardiesse fit ton crime,
          Tu l'expîras!

Car, si la force est impuissante,
          La ruse, un son,
Quelque chimère séduisante
De ton étoile pâlissante
          Aura raison.

Et tu ne saurais t'en défendre...
    Jeune ou vieux cœur
A quelque flamme ou quelque cendre,
Et si quelqu'un ose y descendre,
    Il est vainqueur.

—◇—

En effet, l'heure convenue,
Qui du prochain clocher venue,
Du jeu doit annoncer la fin,
Va sonner... Déjà radieuse,
Déjà d'une oreille orgueilleuse
Écoute Alizon, lorsque enfin

Un son de tous se fait entendre...
C'est l'heure, non, c'est l'écho tendre
D'une vieille et douce chanson.
A ce refrain mélancolique,
Ruse du galoubet rustique,
Comme suspendue, Alizon

S'arrête... Hélas! c'en est fait d'elle.
Pendant que son cœur trop fidèle
Oublie un instant course et feu,

Soudain, une perfide flamme
Brille, l'atteint, et l'on proclame
Sa défaite et la fin du jeu.

LE MENDIANT

Cependant l'aurore s'avance...
Or le fermier, craignant pour sa belle chevance
Le danger d'un trop long séjour,
Au moulin du prochain village
Avait déjà, suivant l'usage,
Dès longtemps retenu son tour :
Aussi, dès que l'aube naissante
Commence à dorer l'Orient,
La clochette retentissante
Annonce au loin *le mendiant.*
On emplit sans tarder tous les chars qu'il amène,
Et dans leurs vastes flancs on tasse, non sans peine,
L'onctueux et riche produit.
Des chevaux musculeux fume l'ardente haleine,
Et les chariots lourds ont fléchi sous le fruit.

TROISIÈME CHANT

LE MOULIN.

ARGUMENT DU TROISIÈME CHANT

Rayons d'Hiver. — Sur les Sentiers. — Les Cancans.
— Les Outils — Le Travail. — Chœur d'Ouvriers. —
La Pressée. — La Levée. — Quart d'heure de Rabelais.

RAYONS D'HIVER

Le froid est piquant ; la rosée,
Au regard encore incertain,
Ainsi qu'une manne irisée,
Scintille au retour du matin.

Bientôt, dans son orbe polaire,
Chaque étoile éteinte à son tour,
Dit à l'aube crépusculaire :
« Suis-nous, voici le roi du jour ! »

Soudain il s'éveille... il éclate
Au sombre azur du golfe uni,
Ainsi qu'un rubis écarlate
Sur un écrin d'acier bruni.

Seul, aux ruines de l'automne,
En vain l'hiver a survécu ;
De frimas ornant sa couronne,
Surgit le monarque invaincu !

Sa jeune flamme en traits de nacre
Se mire aux cristaux des glaçons;
Il bleuit le prunellier âcre,
Ou rougit le houx des buissons.

Il flotte, écharpe d'ambre pâle,
Au corset de l'abeille d'or,
Et moire de jais et d'opale
L'écaille du lézard qui dort.

Il fond sur les tissus que brode
L'araignée ardente au travail,
La rosée en pleurs d'émeraude,
De diamant ou de corail.

Il monte.. Aux reflets métalliques
Des pourpres dont le ciel est teint,
Aux flots bleus, ses rayons obliques
Des étangs mariant l'étain,

A leur triple lueur zonale
De nos ports éclairent l'accès.
Et de l'Iris nationale
Ceignent le noble lac français.

Il monte encore... et, de son aile,
Dont s'accroit l'essor attiédi,
L'aigle seul peut, de sa prunelle,
Suivre aux cieux l'éclat agrandi.

Mais, si d'un éclair tutélaire
Pour l'homme il a voilé ses pas,
Il le suit, l'anime et l'éclaire...
Ainsi du Dieu qu'on ne voit pas !

SUR LES SENTIERS

Aux purs et doux rayons nés d'une telle aurore,
Dispos et souriant,
Le fermier suit de près sur un sentier sonore
Les chars du mendiant.

Du cep fruste et noueux dont sa main est armée,
        Il affermit ses pas,
Et d'un braque novice il va sous la ramée
        Réprimant les ébats. '

Le chien bruyant poursuit l'alouette blottie
        Sous la glèbe des champs,
Ou japi e aux étourneaux, dont la bande est partie
        Vers les coteaux penchants.

La chèvre qu'il effraye, aux roches escarpées
        S'élance à ses abois,
Et le coq, inquiet pour ses poules groupées,
        Se courrouce à sa voix...

Le carillon des chars, leurs fers, sous les yeuses
        Écrasant les graviers ;
Le fermier rappelant son chien, les voix rieuses
        Sortant des oliviers ;

Les gloussements, les cris des enfants, la chaumière,
        Vibrant à leurs échos,
En un jour radieux, de vie et de lumière,
        Inondent nos enclos.

Sous de tels cieux jadis, par les sentiers d'Ithaque,
Loin des tristes remparts,
Après Eumée, ainsi le jeune Télémaque
Devait suivre ses chars.

Si les temps et les mœurs sont changés, la nature,
D'un cœur toujours pareil,
Nous fit, comme à la Grèce, aux flots même ceinture,
Même part au soleil.

Pour la Grèce et pour nous, cette mère féconde
En généreux bienfaits,
Nous donna d'étonner ou de charmer le monde
Dans la guerre ou la paix.

Seule, de ces destins glorieux, si la France
A depuis hérité,
Ensemble, aux purs élans d'une libre espérance,
Elles ont palpité...

Sur ses bords opprimés, notre sœur vénérée
  Nous vit en d'autres jours...
Et, dans nos seins émus, cette terre sacrée
  A des liens toujours !

. . . .
              .
. . . .

. . . .
. . . .

              ! ! ! !

Mais où vont, s'égarant à des échos antiques,
  Nos fragiles pipeaux?
Loin des sommets, hélas ! et, jusqu'à nos rustiques,
  Descendons aux hameaux...

LES CANCANS

Là, depuis l'aube, acheminée
Vers le tiède abri du moulin,
Leur troupe, sous la cheminée,
Commente quelque bruit malin...

C'est le rendez-vous du village,
C'est l'écho de tous les secrets,
C'est l'asile du commérage
Et l'empire des indiscrets.

C'est là que, sans terme euphonique,
Du gros sel épuisant le flot,
Chacun à l'agreste chronique
Fournit sa part ou prend son lot.

Au jeu comme au soc, droit et ferme,
Sans louvoyer en écolier,
Au risque du mot ou du derme,
Le rustre va de franc collier.

L'âcre brasier où l'on prodigue
La flamme des marcs écrasés
A moins de dards, a plus de digue
Que ses quolibets embrasés,

Et chaque fois qu'un trait éclate
Plus cynique ou plus égayant,
Sa large bouche se dilate
En un rire épais et bruyant.

—◦—

Mais pour si bon qu'il soit de rire,
Aux champs on a peu de loisir ;
Pour si doux qu'il soit de médire,
L'heure sonne, il faut la saisir...

LES OUTILS

Déjà, dans la vaste chaudière,
L'onde commence à frissonner;
Encore une chauffe dernière,
Bientôt elle va bouillonner,

Cependant, sous la meule ardente
Qui tourne en grinçant sous l'effort,
L'olive, écrasée et stridente,
Livre un suc froid et vierge encor.

Mais le manége enfin s'arrête ;
La pâte emplit les réservoirs ;
Paniers, cabas, seaux, tout s'apprête,
Et l'on dévisse les pressoirs.

LES ENFERS

Et d'abord, d'une large ondée,
Pelles, outils, bois, pierre et fers,
Toute la presse est inondée
Et le flot s'enfuit aux enfers.

Lieu bien nommé... car dans cet antre,
Gouffre mystérieux du sort,
Nul ne sait rien de ce qu'il entre,
Un seul verra ce qu'il en sort !

LE TRAVAIL

En attendant, sur ce domaine,
Pareille aux démons, se démène
Une troupe d'hommes hardis,
Versant à flots l'eau qui bouillonne
Sur des cabas, dont la colonne
S'élève en disques rebondis.

Auprès de l'âtre qui flamboie,
Pendant que sous l'eau qui la noie
La pâte en lave se dissout,

Ces hommes, bravant les blessures,
Semblent échapper aux morsures
Du flot qui frémit et qui bout.

Sur eux, de la fournaise ardente
Une fumée âcre et mordante
S'étend comme un manteau de plomb,
Et de reflets diaboliques
S'empourprent ces démons rustiques,
Comme en leur Pandémonium.

Brouillard qui flétrit et qui brûle,
La vapeur autour d'eux ondule
En crispant leurs traits endurcis,
Et, sur leur face qui s'allume,
Le dur travail qui les consume
Creuse l'empreinte des soucis.

Tantôt ils vont, muets et sombres,
En s'agitant comme des ombres
Dans leur silencieux entrain ;
Tantôt, d'une voix infernale,
Avec un bruit de bacchanale,
Ils chantent quelque amer refrain.

Ensemble

Du vin ! Du vin ! — Dans la détresse
Dont pour nous ce monde est rempli,
Buvons ! le vin mène à l'ivresse
Et l'ivresse amène l'oubli.

UN OUVRIER

L'ivresse éteint l'intelligence.

UN BUVEUR

Pour nous, à quoi bon son flambeau?..

L'OUVRIER

Là haut il fait lire: Espérance!..

LE BUVEUR

Il n'en est qu'une... le tombeau !

Ensemble

Du vin ! — D'une vie importune,
Dans ses flots noyons le chagrin !
Du vin ! du vin ! dans l'infortune
C'est un remède souverain.

L'OUVRIER

Songe à tes enfants, à ta femme.

UN BUVEUR

Dans l'ivresse, on ne pense plus.

L'OUVRIER

Crains les remords, ces cris de l'âme.

LE BUVEUR

L'ivresse les rend superflus.

Ensemble

Du vin ! — Des enfants et des mères,
Qu'il voile à nos yeux les douleurs ;
Buvons ! buvons ! au choc des verres
Étouffons l'écho de leurs pleurs.

L'OUVRIER

Cède à ma voix jadis chérie.

LE BUVEUR

Je ne crois plus à l'amitié.

L'OUVRIER

Pour toi, mon âme est attendrie.

LE BUVEUR

Je ne veux pas de ta pitié!

Ensemble

Du vin! le seul bien de la vie,
C'est ce qui la fait oublier...
Buvons! notre âme inasservie
Saura souffrir sans supplier.

L'OUVRIER

Tout homme souffre sur la terre.

LE BUVEUR

Qui l'a dit? quelque élu du sort...

L'OUVRIER

Souffrir est parfois salutaire.

LE BUVEUR

Oui! la douleur hâte la mort!

Ensemble

Du vin ! du vin ! Dans la détresse,
Dont pour nous ce monde est rempli,
Buvons ! buvons ! et dans l'ivresse
Cherchons le néant et l'oubli !...

⎯◦⎯

Oui ! — quelquefois, — hélas ! Ainsi l'aveugle orgie
    Au sein du travail trouve accès,
Et des ardents presseurs la fébrile énergie
    S'exalte alors jusqu'à l'excès...

Des machines alors grincent les engrenages
    Sous l'effort uni de leurs flancs,
Et la presse ébranlée en tous ses assemblages,
    A gémi sur ses ais tremblants.

LA PRESSÉE

En rosée
Embrasée
Suintant des chaumes pressés,
L'huile
File
A travers les joncs tressés.

Scintillante,
Ruisselante,
Par vingt canaux différents
L'onde
Blonde
S'épanche en flots odorants.

Mais, troublée
Et mêlée
A l'eau, l'huile en vagues d'or
Roule,
Houle
Qui bientôt s'apaise et dort.

L'eau plus dense,
En cadence
Descend, et, comme un vainqueur,
Prompte,
Monte
Et sort la riche liqueur.

Cependant la presse s'arrête,
Rebelle à tous nouveaux efforts,
Et, sous l'œil du maître, on s'apprête
A lever aux bassins l'huile affleurant les bords.

LA LEVÉE

L'huile mousse....
Sans secousse,
L'adroit leveur qui l'attend,
Prend sa feuille
Et recueille
Son miel épars et flottant.

Sa main lisse
Sous l'eau glisse
La patène aux flancs cambrés,
Puis étanche
Tranche à tranche
Le liquide aux tons ambrés.

Par sa mine
Qu'illumine
Le coloris du plaisir,
L'œil du maître
Fait paraître
Un vif et secret désir..

Comme encore
L'huile dore
La surface du bassin ,
Il espère,
Sort prospère !
Un plus opulent butin.

QUART D'HEURE DE RABELAIS

Quand , soudain , ô mésaventure !
Un bruit fatal se fait ouir...
Et le bonheur sur sa figure
A cessé de s'épanouir...

Mais en vain il gémit et souffre
Maudissant l'enfer et le sort ;
L'abîme pour jamais engouffre
Sa part du généreux trésor.

Enfin , pour comble de disgrâce ,
Comme il sort , attestant les cieux ,
Il entend glapir sur sa trace
L'avare gardien de ces lieux.

Car, toujours, un Cerbère aboie
Devant l'antre de Lucifer :
C'est le fisc dévorant sa proie
Aux portes même de l'enfer.

FIN

AU LECTEUR

———

Lecteur, si tu n'es pas un mythe,
Et si, longuement, dans ton gîte
Le soleil, la pluie ou le vent,
    Aux champs t'ont confiné souvent,
Tu ne saurais me faire un crime
    De ce que, parfois, j'ai rimé :
J'espère en mon complice un juge désarmé,
Car que faire en un gîte, à moins que l'on ne rime?

TABLE DES MATIÈRES

www.ingramcontent.com/pod-product-compliance
Lightning Source LLC
Chambersburg PA
CBHW060819180626
46818CB00002B/872